OCTAVE POSTEL

LES

MOIS RÉPUBLICAINS

OU LES

ÉPOQUES DE LA NATION

POÈME EN QUATORZE SONNETS

VIRER NE SÇAI

ABBEVILLE

EUGÈNE CAUDRON, IMPRIMEUR-ÉDITEUR

AN XC

LES

MOIS RÉPUBLICAINS

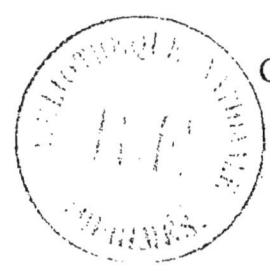

OCTAVE POSTEL

LES

MOIS RÉPUBLICAINS

OU LES

ÉPOQUES DE LA NATION

POÈME EN QUATORZE SONNETS

ABBEVILLE

EUGÈNE CAUDRON, IMPRIMEUR-ÉDITEUR

AN XC

A VICTOR HUGO

affectueux et
bien sincère remercie-
ment.

Victor Hugo

NOTE DE L'AUTEUR

AU LECTEUR

Tout peuple a son hiver, son printemps, son été et son automne : une nation est une véritable année.

C'est de ces années-là qu'est faite la vie du genre humain : il a eu en dernier lieu (il n'y a que les grandes qui comptent) son année grecque, puis son année romaine ; il a son année française ; il en aura d'autres.

Comme chaque année a ses mois, chaque nation a ses époques.

Les époques de la nation française, les MOIS *de notre* ANNÉE : *tel est le sujet de ce court poëme.*

O. P.

LES MOIS

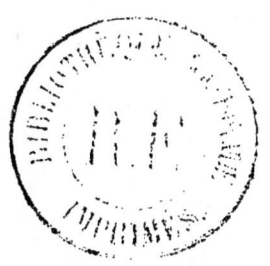

2

A LA NATURE

MÈRE DES RÉPUBLIQUES

Le chœur mystérieux des constellations —
O Nature, nourrice aux célestes mamelles —
Règle, sur le retour des phases annuelles,
Le terrestre labeur de tes créations...

L'Humanité — soumise à tes lois éternelles —
Suit, à pas inégaux, tes évolutions :
Un ordre rigoureux de phases naturelles
Préside au lent essor des générations.

De sa course bornée immortelle courrière —
C'est toi qui, dès qu'un peuple entre dans la carrière,
Lui mesures sa part de l'immense chemin ;

Toi qui d'âges divers formes la destinée
De chaque nation — cet an du genre humain...
Comme de divers mois tu formes chaque année !

VENDÉMIAIRE

Voici les vendangeurs — dont le groupe dansant
Se répand dans la vigne et, la lèvre rougie,
Couronnant le côteau de sa ronde élargie,
Entonne de Bacchus l'hymne retentissant...

Alaric, sur les sept collines bondissant,
En essouffle l'écho de sa haine rugie;
Genséric a hurlé le signal de l'orgie;
Le cheval d'Attila se cabre dans le sang.

Le pillage a passé — la faucille est venue :
Le côteau se dépouille — et Rome est toute nue,
La ville et le vignoble ont le même destin ;

Sous le pressoir jaillit une source vermeille —
Et le vieux Tibre roule une écume pareille...
La horde a vendangé le vignoble latin !

BRUMAIRE

Un amoncellement de ténèbres fumeuses
Succède aux derniers feux du soleil qui nous fuit ;
Et dans les profondeurs des campagnes brumeuses
Un silence de mort s'étend avec la nuit...

Sous l'océan barbare aux houles écumeuses
Descend l'astre romain : rien de nouveau ne luit ;
Le retentissement des conquêtes fameuses
A cessé : l'univers n'entend plus aucun bruit.

Dans les airs assourdis pas une voix qui passe
Et pas une clarté qui traverse l'espace ; —
La Légende en vain montre, en vain nomme ses fils...

L'Histoire n'entrevoit et ne perçoit qu'à peine
Vos ombres et vos noms — Mérovée et Clovis...
Dans le muet chaos de la Gaule lointaine !

FRIMAIRE

La terre n'offre plus à l'œil, épouvanté
Par le déchaînement des fureurs boréales,
Que l'aride tableau des nappes glaciales
Et les mornes aspects de la stérilité...

En ton cœur refroidi le sang s'est arrêté
Sous la compression des glaces féodales —
Jeune France — et tu sens de tes sources vitales
Tarir la généreuse impétuosité.

Hélas ! un vent mortel tombe du haut des nues,
Froisse ton sein, étend sur tes épaules nues —
O Terre — le linceul rigide des frimas ;

De pires aquilons sur ta fragile enfance
La brutalité souffle... et tu gîs sans défense —
Pauvre Pays — en proie aux plus rudes climats !

NIVOSE

Aux blafardes lueurs d'un jour douteux, la neige
Chasse ses longs essaims de blêmes papillons;
Tombe à flocons pressés, roule en lourds tourbillons
Sur la terre engourdie et que rien ne protège...

Sur toi — Peuple naïf et que l'Erreur assiège —
L'Ignorance a lancé ses pâles bataillons :
Pour étouffer le grain germant dans tes sillons,
Sur toi des Préjugés fond le vague cortège.

On voit sous la blancheur neigeuse des hivers,
Sous le suaire épais dont ses flancs sont couverts,
La Terre frissonner; — et devant l'avalanche

Des superstitions qui viennent t'assaillir —
O France des aïeux — on te voit défaillir...
Et de brusques frissons rident ta face blanche !

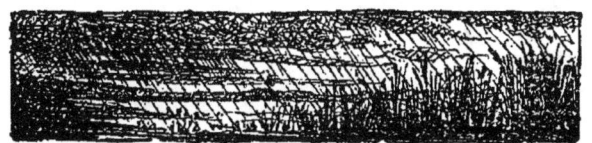

PLUVIOSE

Sous de tièdes torrents les arbres sont ployés
Et les airs — surchargés d'épaisseurs ténébreuses —
Sont de liquides traits obliquement rayés :
L'eau céleste a crevé ses outres vaporeuses...

Dans le sang des martyrs les peuples sont noyés :
Il coule à larges flots sous ces voûtes affreuses
Où les Religions sur des membres broyés
Exercent, l'œil au ciel, leurs vengeances fiévreuses.

Comme le meilleur sol est le plus abreuvé,
Le peuple le plus fort est le plus éprouvé :
Les races pour mûrir veulent aussi leur pluie;

Et de cette rosée — et de ce sang humain,
Que sèche le soleil — et que la gloire essuie...
Qui sait quelles moissons pourront sortir demain !

VENTOSE

Un frémissement court par toute la campagne :
C'est le Vent ; — et la Terre, à son contact divin,
Sent fermenter en elle un fécondant levain :
Il crée en dévastant ; un grand bruit l'accompagne...

Il souffle d'Italie — il souffle d'Allemagne,
Le vent des Médicis — de Luther et Calvin,
Qu'une débile voix excommunie en vain ; —
O France — il a passé ton fleuve et ta montagne.

Par l'affranchissement des cultes opprimés,
Par les bûchers éteints, par les cachots fermés
Signalant sa terrible et bénigne puissance, —

Des Lettres et des Arts : du vrai, du bien, du beau
Il ravive partout le pâlissant flambeau...
Il a nom la Réforme — ou bien la Renaissance !

GERMINAL

Lorsque le laboureur jette, à coups redoublés,
Le grain dans le sillon — il suppute sa peine
Et, pas à pas, songeant à l'œuvre souterraine,
Croit voir poindre déjà les tiges de ses blés...

Tel — et dans l'avenir voyant ses vœux comblés —
Le sage aussi, de qui le monde est le domaine,
Sur vous de sa pensée épanche l'urne pleine —
O peuples attentifs, à sa voix rassemblés.

Quand Montesquieu, Rousseau, Diderot et Voltaire
Eurent du grain moderne ensemencé la Terre,
Sur leurs vastes sillons on les vit se pencher —

Couvant d'un œil profond leurs vivantes semences
Et découvrant déjà des récoltes immenses...
Dans les germes qu'à peine ils venaient de lâcher !

FLORÉAL

Terre — le Renouveau, plein de chaudes tendresses,
T'enlace de ses bras souples et caressants,
Gonfle ton jeune sein de subtiles ivresses
Et dans un long baiser surexcite tes sens...

La Révolution sous de mâles caresses —
France — te ressuscite entre ses bras puissants
Et de ton long sommeil enfin tu te redresses,
Les yeux pleins de lumière et les seins frémissants.

Alors Bailly se lève, alors Mirabeau tonne :
L'essaim des Libertés hors des ruches bourdonne,
Ivre des sucs nouveaux et des premières fleurs;

Camille Desmoulins saccage les charmilles
Et guide — lui soufflant ses instincts querelleurs...
L'abeille populaire à l'assaut des Bastilles !

PRAIRIAL

Ils fauchent — leur habit au bord du champ resté —
Jetant et ramenant les bras d'un air farouche ;
Il semble qu'ils soient sourds et que rien ne les touche :
Le dur labeur leur donne un visage irrité...

Haletants d'un effort mille fois répété,
Ils plongent de leur faux dans l'herbe qu'elle couche
Et — la sueur au front, la salive à la bouche —
Tordent sous le soleil leur buste tourmenté.

Tels, sous l'âpre chaleur de nos fièvres civiles,
On vit, jonchant de morts le pavé de nos villes,
Passer — les reins ployés dans un effort puissant —

Ces niveleurs : Danton, Marat et Robespierre,
Sous des muscles d'acier cachant des cœurs de pierre...
Et dont luisait la faux, toute rouge de sang !

MESSIDOR

La plante n'est plus verte — et n'est pas mûre encore ;
Mais, peignant les épis de plus chaudes couleurs,
Les jours et les soleils se succèdent meilleurs
Et des moissons déjà l'on voit jaunir l'aurore...

La belle Nation — que de ses rayons dore
La Liberté, soleil aux croissantes chaleurs —
Mûrit et voit enfin succéder à ses fleurs
Des fruits que l'avenir de son aube colore.

Fermier — gare aux voleurs dans les chaumes tapis,
Epiant ton absence et guettant tes épis :
A la poule qui gratte, au moineau qui maraude ;

Sur d'autres ennemis ayez — ô citoyens —
Les yeux ouverts : gardez, gardez vos nouveaux biens...
Et du Vautour qui plane et du Corbeau qui rôde !

THERMIDOR

Bien qu'en proie aux ardeurs d'un soleil étouffant,
Sous d'implacables feux sa chair rougisse et fonde —
Col nu, la fourche au poing, le moissonneur se fend
Pour enlever à bras tendus la gerbe ronde...

Mais quand il a fini son labeur échauffant —
Et sans même essuyer la sueur qui l'inonde —
Vers les granges, avec un long cri triomphant,
Il fouette l'attelage — et sa joie est profonde.

Le roulement s'entend de la ferme. — « Les blés,
Voici les blés ! » — Le fouet cingle les airs troublés. —
« Enfants, au char branlant ouvrez la haute porte ! » —

Ouvre-la toute grande — ô France — ; à deux battants :
Et que le Progrès entre et que le Passé sorte...
Tes destins sont remplis — et tes fils sont contents !

FRUCTIDOR

Ton arbre — ô Liberté — s'élève; et les nuages
Contre son front géant auraient beau tous s'unir
Et les vents se liguer et la foudre venir :
Il rit de la tempête et brave les orages...

Contemporain du globe, abri des premiers âges,
Avant l'homme lui-même il ne saurait finir;
Il croit — il croît : l'Europe entière va tenir,
Le monde un jour tiendra sous ses vastes ombrages.

Il s'étend sur tes fils — ô France —; il a pour eux
Une épaisse fraîcheur et des fruits savoureux,
Et des songes hantés de souvenirs de gloire...

Car nos derniers neveux — sous le grand arbre assis —
Entendront la Légende aux merveilleux récits...
Des paternels travaux poëtiser l'histoire !

FÊTES RÉPUBLICAINES

DE LA VERTU, DU GÉNIE, DU TRAVAIL,

DE L'OPINION ET DES RÉCOMPENSES

Debout — ô ma Patrie — et vois venir tes dieux !
Secouant les vieux jougs, la Vertu populaire
A du Génie ouvert le règne glorieux :
Avec lui du Travail elle inaugure l'ère ;

A sa barre — riant de leur vaine colère —
L'Opinion traduit tous les ambitieux,
Donne la Récompense au citoyen pieux
Et fait sentir à tous sa force tutélaire...

La Volonté féconde a fait la Liberté :
L'Intelligence alors fonde l'Égalité
Et l'Amour vient lier la chaîne Fraternelle,..

Qui, des libres esprits unifiant l'effort,
Des progrès sociaux accélère l'essor...
Vers ton but idéal — ô Justice éternelle !

NOTE DE L'ÉDITEUR

AU CURIEUX

Ce poëme est quelque chose comme une ODE *en quatorze* SONNETS.

Pourquoi une ode ?

— Parce que l'amour veut de l'enthousiasme et que l'auteur est amoureux de son Pays.

Pourquoi des sonnets ?

— Par la similitude de leurs rimes, les deux QUATRAINS *du sonnet se prêtent au rapport qu'on cherche à établir ici entre une image naturelle (peinte dans le premier) et une idée politique (exprimée dans le*

second); *l'assimilation se poursuit dans les* TERCETS *et s'achève dans le* TRAIT *final, en une métaphore réunissant l'idée et l'image séparément présentées dans les quatrains.*

Pourquoi ces sonnets sont-ils liés entre eux, d'un bout à l'autre du poëme, par une succession régulière de rimes masculines et féminines ?

— C'est que, dans la pensée de l'auteur, les quatorze sonnets ne font qu'un tout : comme on l'a vu plus haut, ce sont les strophes d'une ode.

Pourquoi, entre tant de formes du sonnet, n'avoir adopté que celles du seizième siècle et celles du dix-septième ?

— Parce que ce sont vraiment les plus heureuses : ces deux époques ont toujours été considérées comme l'âge d'or et l'âge d'argent du sonnet ; et l'on a fait depuis maint poëme de ce nom, dont il est bien permis de dire :

« Ce sont quatorze vers... mais un sonnet, non pas ».

Pourquoi cet artifice métrique groupant en quatre TRIOS *les douze principaux sonnets ?*

— *Pour marquer (dans l'ordre politique ainsi que dans l'ordre naturel) la limite des saisons : si la symétrie est inséparable de toute poësie, elle est la loi même du sonnet... et doit l'être aussi d'une suite de sonnets.*

Pourquoi, dans chaque trio, les formes du dix-septième siècle sont-elles uniquement affectées au deuxième sonnet ?

— *Elles tiennent de la disposition particulière de leurs rimes au tercet final je ne sais quoi d'indécis, de suspendu pour ainsi dire : ce qui leur a fait assigner tout naturellement cette place intermédiaire; c'est même la seule raison qui les ait fait employer, car elles sont déjà moins nettes que les formes du seizième siècle.*

Pourquoi, au premier sonnet aussi bien qu'au dernier, l'un des quatrains est-il emprunté au seizième siècle; l'autre, au dix-septième?

— *La poësie (celle du sonnet surtout) étant sœur de la musique, on* a voulu faire : de l'un de ces sonnets, une espèce de prélude et comme une OUVERTURE; de l'autre, une sorte de réminiscence des principaux MOTIFS.

Pourquoi enfin l'auteur s'est-il donné tant de peine ?

— Par conscience et pour son plaisir... sinon pour celui de quelques autres.

Comment l'auteur, si scrupuleux en tout ce qui a trait à la régularité matérielle du sonnet, s'est-il permis une véritable innovation en mettant en regard, dans chacun des siens, un tableau champêtre et un tableau historique? Cela ne porte-t-il pas atteinte à l'unité même du sonnet ?

— On trouverait peut-être, dans les recueils contemporains, quelques traces de procédés analogues. D'ailleurs, il y a longtemps que l'auteur

*avait eu la pensée de se servir du sonnet comme cadre d'une idée, soit
morale soit politique, pour la peinture de laquelle il aurait recours (par
voie de comparaison ou, si l'on veut, d'allégorie) aux couleurs que lui
offrirait la nature : il y a quelques années, il faisait couronner aux
jeux floraux le sonnet que voici, où l'on peut voir un commencement
d'application de ce système.*

AU CHÊNE DE LA FONTAINE

L'orage a pu te vaincre... et non t'humilier :
Le vent ne courbe point les arbres séculaires
Et, quand la foudre abat ces géants solitaires,
Ils semblent dans leur chute encor la défier ;

Je veux, sans de ma ligne un instant dévier,
Résister, le front haut, à toutes les colères
Et, comme toi, braver l'effort des vents contraires
Et rompre s'il le faut... mais rompre sans plier.

Laissons aux lâchetés et laissons aux faiblesses
Leurs ondulations, leurs rampantes souplesses :
Les roseaux parmi nous ne sont que trop nombreux ;

D'âmes fières les cieux sont devenus avares :
Il est peu de grands cœurs et de troncs vigoureux —
Dans l'humaine forêt que les chênes sont rares !

Un peu plus tard, encouragé par ce premier succès, l'auteur envoyait (toujours à titre d'essai) à la Société des Belles-Lettres de Tarn-et-Garonne, qui venait d'offrir en ses concours une couronne au meilleur groupe de trois sonnets, le trio suivant avec lequel il obtenait le prix.

PLACE AU PETIT SONNET

La moindre fleur des prés au soleil a sa place :
Elle a son doux parfum, ses joyeuses couleurs,
Son abeille qui vole et sa brise qui passe...
La rose a ses amours et les bluets les leurs.

Le moindre oiseau des bois a son droit à l'espace :
Il a son nid léger, ses ébats querelleurs,
Son vol plein de caprice et son chant plein de grâce...
Les refrains les plus courts sont parfois les meilleurs.

Le sonnet, fleur modeste, a pourtant son prestige
Et plus d'un papillon se pose sur sa tige :
Le calice est petit, mais il est plein de miel ;

Le sonnet, roitelet de notre poësie,
Apporte au grand concert une note choisie —
Et ce murmure ailé peut voltiger au ciel !

L'AUBE

Poëte, c'est la nuit — et ton seuil solitaire
S'est comme revêtu d'humide obscurité ;
Pas un rayon au ciel, pas un rayon sur terre
N'en éclaire la sombre et froide nudité...

Mais voilà que, perçant cette ombre et ce mystère,
Une victorieuse et soudaine clarté
Rayonne : c'est le jour — et sur ta face austère
L'aube jette en riant ses feux et sa gaîté.

Poëte, un noir nuage assombrit ta pensée :
Le doute, cette nuit sans astres, l'a glacée
Et ton front est voilé de rêves affligeants...

Mais l'inspiration, cette aurore de l'àme,
A jailli de ton cœur à tes lèvres de flamme —
Et toute sa lumière a passé dans tes chants !

LES AMOURS DU POÈTE

De longs cheveux roulant sur deux épaules nues,
Un corps plein de jeunesse et de chaude santé,
De palpables contours et des grâces charnues
Contentent votre goût de la réalité...

Pour le poète, épris des choses inconnues,
Il est une autre ivresse, une autre volupté :
Vous regardez la terre, il contemple les nues ;
Vous cherchez une belle, il rêve la beauté.

L'étoile brille, mais ce n'est qu'une étincelle :
Et, sans daigner ouvrir sa paupière vers elle,
L'aigle ne voit là-haut que l'astre sans pareil...

Le poète à côté des astres secondaires
Passe, les yeux fermés à ces clartés vulgaires —
Il n'est qu'un idéal, comme il n'est qu'un soleil !

Mais les décisions des Académies de Toulouse et de Montauban n'ont point force de loi ?

— Le désir de savoir à quoi s'en tenir est justement ce qui a déterminé l'auteur à affronter le jugement du public.

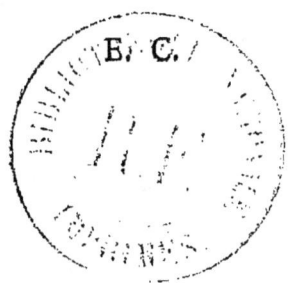

ILLUSTRÉ ET IMPRIMÉ

PAR

EUGÈNE CAUDRON

ABBEVILLE

www.ingramcontent.com/pod-product-compliance
Lightning Source LLC
Chambersburg PA
CBHW061646180626
46818CB00003B/981